DU MÊME AUTEUR

Aux Éditions Gallimard

DANS LES VEINES CE FLEUVE D'ARGENT

AILLEURS

L'Arpenteur

Collection créée
par Gérard Bourgadier

dirigée
par Ludovic Escande

Dario Franceschini

DÉPOUILLÉE

ET AUTRES HISTOIRES

nouvelles

Traduit de l'italien
par Chantal Moiroud

GALLIMARD | L'ARPENTEUR

Domaine italien dirigé par
Jean-Baptiste Para

Titre original :

DISADORNA E ALTRE STORIE

À Irène
qui sourit au jour

« Il est inutile de chercher sur la carte les localités évoquées. L'exactitude géographique n'est qu'une illusion. Le delta du Po, par exemple, n'existe pas. Et encore moins, bien sûr, Scano Boa. Je le sais, j'y ai vécu. »

Gian Antonio CIBOTTO

La pièce était vraiment dépouillée, comme la campagne qu'il avait traversée pour arriver jusque-là. Un grand lit, deux tables de nuit, un guéridon, une armoire et à côté le lavabo surmonté d'une petite glace. Derrière la porte une feuille jaunie, avec le nom de l'hôtel et la grille de prix de haute, moyenne et basse saison.

Tout compte fait, une chambre décente, propre même, mais on sentait qu'elle n'était pas habitée depuis très longtemps : l'air rance, peut-être, ou les couleurs fanées, qui sait.

Paco Tovar s'approcha de la fenêtre et l'ouvrit.

Dehors, rien d'autre qu'une vaste plaine infinie.

C'est Gabriel qui lui avait dit que s'il avait besoin d'espace autour de lui, dans cette partie de l'Italie, il en trouverait à revendre.

Le long de la route qui menait au delta du Po,

il avait parcouru des kilomètres et des kilomètres d'une ligne droite uniquement bordée de grands platanes, et puis eux aussi avaient disparu et il n'était plus rien resté.

Depuis des années il n'avait plus d'inspiration pour écrire. Il était distrait par les choses trop nombreuses de la vie, il se perdait dans leur observation, il avait besoin de vide, de beaucoup de vide pour arriver à voir ses pensées. Alors, quand son ami, dans son jardin de Bogota, lui avait parlé de Za et de cette terre par-delà l'océan, où tout est prodigieux et normal, Paco avait aussitôt décidé de partir. Tu verras que, là-bas, tu n'as pas besoin d'inventer des histoires, avait ajouté Gabriel. Ce sont elles qui tournent autour de toi, comme les moustiques.

La ligne d'horizon se perdait très loin dans le brouillard, par-delà des centaines et des centaines de champs plats et déserts, d'un gris à peine plus sombre que celui du ciel. On aurait dit qu'il y avait encore l'eau des vallées à la place de la terre, comme avant la grande bonification.

Paco se tourna vers le patron de l'hôtel qui attendait sur le seuil. C'était un homme petit, la tête brillante comme une bille, un béret noir posé de travers.

— Depuis combien de temps vous n'avez pas loué cette chambre ? lui demanda-t-il.

L'homme enleva ses lunettes, peut-être pour mieux réfléchir. Elles avaient une monture noire et des verres épais et rayés. Il essaya de les nettoyer avec sa chemise, puis il regarda le résultat à la lumière de la fenêtre et, après une longue pause, il répondit :

— Depuis quarante-sept ans.

Paco sourit. Maintenant il pouvait enfin recommencer à écrire.

Le hurlement fut si soudain et si violent qu'Argante Morelli l'entendit exploser des milliers de fois dans tous les moments de silence de sa longue vie.

Il dormait béatement sur le rocking-chair qui avait appartenu à son père et, encore avant, à son grand-père et à tous les Morelli qui avaient cultivé ces terres. Après le déjeuner du dimanche, il aimait beaucoup se mettre là, sous la véranda derrière la maison, pour savourer le soleil de l'après-midi qui tiédissait ses habits de fête et son visage rasé de près. Même sa campagne alentour semblait enfin se reposer avec lui, tandis que les femmes débarrassaient et que les enfants se poursuivaient sur l'aire.

Dans le rêve qu'il était en train de faire, et qu'il n'oublierait plus jamais, lui apparurent soudain son épouse et sa fille qui accouraient vers lui en hurlant, sur une grande plage déserte.

Il ouvrit les yeux brusquement et comprit que le hurlement de Clelia venait de l'intérieur de la maison. Il se leva d'un bond, s'engagea dans l'obscurité du couloir et il la vit, sur le seuil de la chambre de son père, une main dans les cheveux et l'autre qui serrait Annina contre sa poitrine, comme pour la protéger.

Il l'imagina immobile et déjà froid, étendu sur le sol devant la radio qui continuait à émettre cette musique que, désormais, il ne pouvait plus entendre.

Il alla jusqu'à son épouse, l'étreignit d'un bras et posa son autre main sur les cheveux de sa fille, comme pour signifier qu'elles pouvaient être tranquilles, qu'il était là maintenant.

Il les écarta légèrement pour pouvoir entrer dans la chambre, leva les yeux et se figea, incrédule.

Cette musique bouleversante ne venait pas de la radio, c'était son père qui jouait, avec un violon.

Il était de dos, face à la fenêtre qui donnait sur les champs comme si c'était un lutrin, et à contre-jour on voyait sa tête inclinée sur la gauche et le bras qui tenait un archet montait et descendait.

— Comment est-ce possible ? murmura sa femme, les yeux écarquillés par l'effroi.

Argante hésita à peine, pour essayer de mettre de l'ordre dans le chaos de pensées qui envahissait son esprit, puis il affirma avec calme :

— Ce n'est pas possible.

Il aurait pu réfléchir pendant sa vie entière avant de répondre à cette question, mais ce sont toujours les mêmes mots qui lui seraient venus, parce qu'il ne pouvait pas y avoir une seule raison au monde pour que son père, Nebore Morelli, paysan analphabète, qui à quatre-vingt-cinq ans passés n'avait jamais touché un instrument de musique ou lu une partition, sache jouer de la sorte.

Annina tenait l'étui ouvert du violon que le maître Tamisari lui avait prêté pour qu'elle puisse travailler chez elle le petit motif qu'elle devrait jouer à l'examen de fin d'année. Elle pressa plus encore son dos contre sa maman, comme pour se protéger, et murmura, en continuant à regarder son grand-père :

— … quand je le lui ai montré, il m'a demandé s'il pouvait l'essayer.

D'un geste de la main, Argante fit signe aux deux femmes de sortir de la chambre.

Il attendit que la porte soit fermée, s'approcha

de son père et, par-derrière, d'un geste sec, il bloqua le bras qui déplaçait l'archet sur les cordes.

Maintenant, enfin, le silence était revenu.

— Pourquoi ne m'as-tu pas dit que tu savais te servir de cette chose ?

Son père appuya doucement le violon sur le bord de la fenêtre et resta longtemps immobile, le regard tourné vers les rangées de fruitiers, dans la campagne, de l'autre côté de la grille.

Il passa une main dans ses cheveux et se tourna vers Argante, en lui montrant cette couleur opaque, comme celle d'un océan agité par l'hiver, que seuls possèdent les yeux bleus des vieux.

Tout devint clair le 13 mars 1950.

À la gare de Borgovelino on n'avait jamais vu un paquet de cette taille et les deux cheminots qui le déchargèrent à l'aube du train de marchandises, aidés par les machinistes et le chef de train, ne se demandèrent même pas ce qu'il pouvait contenir, trop occupés à maudire celui qui avait pu envoyer une chose pareille.

Lorsque, quelques heures plus tard, le facteur dit à Bruno Guarelli qu'il devait aller personnellement retirer une grosse caisse déposée à côté des voies, parce qu'elle était tellement énorme que bien sûr il ne pouvait pas la lui apporter à domicile, à bicyclette, et que l'autre demanda ce qu'il entendait par grande, il répondit sans se retourner : « Comme une chambre à coucher. »

Guarelli fut incapable d'imaginer ce qu'il y

avait dedans, qui la lui avait envoyée ou comment la transporter jusque-là, parce qu'il se soucia seulement du moyen de faire entrer dans une pièce quelque chose qui avait les mêmes dimensions.

Il chassa cette pensée, prit son chapeau, son portefeuille au cas où il y aurait quelque chose à payer, et partit lentement sur la longue ligne droite qui montait vers la gare.

Le soleil était encore tiède, mais la chaleur n'allait pas tarder.

Il entra dans le petit hall de la billetterie, regarda les bancs en bois toujours vides, le traversa et sortit sur le quai.

Loin, sur la gauche, il la vit.

Elle était vraiment imposante. Une énorme caisse en bois entourée de grosses cordes nouées, beaucoup plus haute que le cheminot qui était en train de la montrer à une vieille femme.

Il resta à la regarder, une expression interrogative sur le visage, puis il s'en approcha, salua d'un signe de tête les deux personnes qui s'étaient arrêtées de parler et commença à tourner autour, pour chercher le nom de l'expéditeur.

Il trouva un petit rectangle de papier blanc, collé dans un coin, mit ses lunettes pour le lire et se pencha pour s'approcher du nom et de l'adresse, écrits en lettres minuscules.

Il resta ainsi, immobile, pendant quelques secondes, puis il posa une main par terre pour se relever.

Il avait un sourire moqueur et son cœur faisait des bonds dans sa poitrine.

Ainsi Eugenio Cerasa était encore vivant. Il n'avait jamais été assassiné en France comme le lui avaient certifié les juges pour classer le procès contre lui et Rosa, et, dans cette caisse, il y avait ce qu'ils lui avaient promis la nuit où ils avaient dû fuir le pays.

— Elle est lourde, non ? demanda-t-il au cheminot.

— Nous avons eu du mal à cinq..., répondit l'homme.

— Laissez-la ici, je viendrai dans l'après-midi.

Il caressa les planches clouées. Rosa était peut-être encore vivante elle aussi, mais il avait trop peur d'y croire.

Il sortit de la petite gare et rentra chez lui, même si à cette heure le laboratoire aurait déjà dû être ouvert. Il sortit du réfrigérateur ce qu'il avait préparé pour manger. Avec le temps il avait compris qu'il valait mieux faire comme ça, parce que chaque soir, entre la boutique à fermer et les recettes à vérifier, il finissait de plus en plus tard et rentrait si affamé qu'il préférait n'avoir qu'à réchauffer son repas, et préparer tranquillement, après le dîner, celui du lendemain. Mais cette fois, il le mangerait pour déjeuner, il passerait au laboratoire juste pour récupérer son appareil photo, le trépied, quelques négatifs, et les photos auxquelles il tenait le plus.

À midi, il était de retour chez lui, après s'être arrêté à la station-service pour remplir le jerrycan qu'il avait apporté avec lui.

— Je suis tombé en panne, avait-il expliqué.

Il déjeuna en silence, sur la table en marbre de la cuisine, lava les assiettes et monta dans sa chambre prendre les affaires dont il avait besoin.

De retour à la gare, il frappa à la porte des services techniques :

— Salut Stefano, vous me donnez un coup de main pour redresser la caisse ?

— Qu'est-ce que ça veut dire redresser ?

— Que vous n'avez pas lu l'inscription Haut, dans cette position je ne peux pas l'ouvrir.

— J'appelle Franco au guichet et on arrive.

Il s'engagea le long des voies. La caisse était en

plein soleil, imposante, comme un rocher du mont Falzarego entouré d'herbe.

Il la rejoignit et une nouvelle fois essaya de lire la fiche de l'expéditeur sur les planches les plus basses. Il y avait écrit Bracco, un nom que lui seul donnait à Eugenio, et plus bas : 4 rue des Écouffes, Paris.

Il entendit les voix s'approcher, et à cet instant, en regardant la caisse posée sur le côté le plus étroit, il décida qu'il allait l'ouvrir comme elle était, dans la mauvaise position.

— Nous la redresserons après, dit-il.

Il sortit son appareil photo de son sac et s'éloigna de plusieurs pas, en marchant à reculons, car il voulait la photographier de loin, de façon à ce qu'on voie bien les dimensions.

Il fit signe aux deux cheminots de s'approcher, et ils se placèrent à côté de la caisse, en rajustant leur casquette et en bombant le torse, comme deux pêcheurs à côté d'un énorme esturgeon tout juste pris au harpon.

Il ferma le petit volet supérieur de son Rolleiflex, entoura l'appareil d'une étoffe noire pour le protéger et le remit dans son sac dont il sortit, après avoir fouillé un moment, la hache qu'il avait apportée de chez lui.

Il commença à s'en servir avec assurance, d'abord pour couper les cordes, à coups nets, puis pour faire pression sur les fentes entre les planches, les faisant sauter une par une, avec un bruit violent de bois cassé.

Il imaginait, amusé, le regard des cheminots derrière lui, au fur et à mesure que la caisse éventrée révélait son contenu à leurs yeux.

Il se retourna lorsque tous les côtés furent tombés sous ses coups, à l'exception de celui qui était sur le sol.

Les deux hommes regardaient en l'air, bouche bée.

Devant eux, une moto avec un side-car était appuyée verticalement, comme un cheval cabré, avec sa roue avant qui tournait lentement dans le ciel bleu.

On aurait dit un monument préhistorique, planté là depuis des millénaires.

— C'est une BMW…, murmura un des cheminots.

— Allez, dit-il après un long silence, donnez-moi un coup de main.

Il détacha la moto du dernier côté de la grosse caisse, tandis que les deux hommes la maintenaient verticale, et ensemble, ils la penchèrent en avant, avec délicatesse, jusqu'à ce que la roue avant touche à nouveau le sol.

Bruno caressa les deux grands cylindres, la selle, le phare, le nez brillant du side-car. Puis il prit son jerrycan, ouvrit le bouchon et remplit le grand réservoir noir.

Après quoi il sortit de son sac un petit casque de cuir souple et une paire de lunettes noires, il les chaussa, referma le sac et s'apprêta à le lancer dans le side-car, mais il s'arrêta parce qu'il vit que sur le siège, fixée par un ruban adhésif, il y avait une rose rouge.

Il avait le cœur dans la gorge. Donc elle aussi était vivante, et elle l'attendait.

Il fourra son sac dans l'espace réservé aux pieds du passager, monta sur la selle et après deux coups sur la pédale de démarrage sentit que l'essence était arrivée au carburateur. Il se mit debout et, d'un coup plus sec, il la fit partir.

Le bruit puissant du moteur remplit le silence de la vallée.

Il se retourna pour regarder vers le mont Giano. Il allait enfin tourner le dos à ces trois grandes lettres, écrites avec les arbres plantés dans la clairière au sommet de la montagne.

Il songea à la première fois où il était arrivé là, lorsque tout juste descendu du train il s'était arrêté le nez en l'air pour lire ce gigantesque Dux.

Que de choses avaient changé en peu de temps en lui et autour de lui.

Il mit ses lunettes, salua les deux cheminots d'un geste de la main et partit.

Il parcourut la ligne droite en descente, traversa la petite place avec la tour et les deux bars, regarda le terrain de foot, vide, sur sa droite, franchit le passage à niveau qui séparait Borgo de la via Salaria et commença à descendre vers Rieti.

Il sentait l'air frais sur son visage.

Paris n'était finalement pas si loin.

Il choisit finalement une ville au bord de la mer. Cette décision d'aller vivre ailleurs, il l'avait prise un matin quelques années plus tôt, dans sa cuisine. Il déjeunait toujours debout, habillé et prêt pour sortir, mais ce jour-là, allez savoir pourquoi, il s'assit à la table en bois, prit du sucre et commença à remuer son café. Puis il retira la petite cuillère et s'aperçut du plaisir qu'il éprouvait à regarder le liquide tourner de plus en plus lentement dans la tasse jusqu'à ce qu'il s'arrête. Il refit ce geste plusieurs fois, et quand il but son café, une tranquillité nouvelle l'enveloppa.

Il en serait ainsi de sa vieillesse, décida-t-il.

Il avait trop souvent entendu les gens de son âge évoquer leur passé, pleins de nostalgie et de regrets, ou, pire encore, avait été contraint d'écouter avec ennui ceux qui continuaient à parler de l'avenir, de tout ce qu'ils allaient faire, sans se soucier de leur âge. Lui décida au contraire de ne se souvenir de rien et de ne faire aucun projet. Non qu'il regrettât sa vie, elle avait simplement été trop riche.

Il dit tout cela à ses enfants, pour expliquer son choix d'aller vivre seul dans une autre ville, mais eux bien sûr, trop occupés à suivre leurs désirs, leur carrière, leurs passions, ne comprirent pas. D'ailleurs, il savait parfaitement lui aussi combien on se sentait exalté dans cette course, qui en fin de compte ne vous laissait rien voir, car tout passait trop vite, comme à travers les vitres d'une voiture qui fonce à toute allure.

Lui, il choisissait les pauses, les petits gestes, les fragments. Il ne les recherchait pas, mais, quand ils se présentaient, il s'arrêtait pour les savourer avec délicatesse, car il avait compris à quel point ils étaient précieux, par-dessus tout, et combien il en avait gâché bêtement dans la frénésie de la vie.

À Gênes, il loua une chambre au deuxième étage d'une maison proche du port. Tous les matins il descendait et allait vers les quais, puis par-delà encore, vers les jetées désertes. En marchant, il entendait le vacarme de la ville s'estomper derrière lui et sentait la brise marine décoiffer ses derniers cheveux. Quand il arrivait au bout du ponton en bois le plus éloigné, il s'asseyait sur les planches, les jambes pendantes.

C'est pour cela qu'il avait voulu une ville au bord de la mer. Il aimait l'idée de passer le reste de ses jours assis là, face à l'eau, laissant tout derrière lui et le calme à perte de vue.

Angiolina cousait. Cette aube, ils l'avaient attendue chaque jour pendant la guerre et maintenant il semblait qu'elle arrivait trop vite. Il fallait se hâter, le grand drapeau devait être fini avant le matin, mais avec l'obscurité, avec la maudite obscurité du couvre-feu, tout devenait très lent et difficile.

Elle avait déjà fait les ourlets tout autour, prévu l'espace où glisser la hampe et assemblé les trois morceaux de tissu de couleurs différentes. Elle les regarda. Les jours précédents, Gigi avait été clair : surtout ne pas les acheter dans le même magasin. Trop dangereux et on ne pouvait faire confiance à personne, en particulier ces jours-ci, où les rares Allemands restés dans la ville étaient de plus en plus apeurés et hargneux. Et si vraiment le magasin de tissus de la via Canonica était le seul ouvert, comme elle le lui avait répondu, alors qu'elle y aille à plusieurs reprises ou, mieux encore, qu'elle achète aussi des morceaux de tissu d'autres couleurs, en disant que c'était pour les rideaux, les divans ou n'importe quoi encore, pourvu qu'on ne comprenne pas qu'elle avait besoin de trois morceaux de tissu blanc, rouge et vert.

Et dire qu'Angiolina n'avait même pas parlé à Gigi, pour ne pas trop l'inquiéter, de la partie la plus dangereuse du travail, celle qu'elle avait gardée pour la dernière nuit et qu'elle finissait à la lumière du bout de chandelle qui était resté à la maison : la broderie d'une étoile avec à l'intérieur trois lettres, le sigle de ce comité de libération dans lequel Giorgio s'était laissé embarquer depuis quelques mois.

Ils avaient essayé de le dissuader, pour le protéger. Ils trouvaient déjà miraculeux que leur fils unique soit revenu vivant d'Albanie, et voilà qu'il choisissait ce moment, alors que la guerre finissait, pour aller se mettre contre les Allemands. Le fait que ce soit l'archevêque qui l'ait appelé, et d'autres garçons de l'Action catholique en même temps que lui, pour les inviter à s'engager avec les autres forces antifascistes, avait suffi pour convaincre

Angiolina d'accepter le choix de son fils ; mais pour Gigi cela n'avait pas été aussi simple.

— S'ils ne le tuent pas avant la fin de la guerre, lui avait-il dit, il perdra son temps à faire de la politique toute sa vie au lieu d'être avocat.

Le moment était mal choisi pour en parler, se dit-elle ; pour l'instant, elle devait seulement s'activer avec son aiguille et son fil. Le jour commençait à poindre et elle avait fini l'étoile, le C et le L, il lui manquait encore le N.

Elle regarda le drapeau et se troubla en imaginant Giorgio qui traversait la place, en le tenant solennellement sur ses bras, montait le grand escalier et arrivait à la fenêtre pour le glisser dans une des hampes de l'hôtel de ville, au-dessus d'une mer de gens heureux. C'est pour cela que les partisans avaient voulu qu'il soit aussi grand, parce que la foule en liesse regarderait là-haut, vers le balcon des vainqueurs, et le drapeau italien ne pouvait bien sûr pas être plus petit que le drapeau anglais ou américain.

Ferrare devait être libérée juste après l'aube par les Alliés qui étaient derrière les murs. Tout le monde le savait en ville, on l'avait compris aux rues désertes et à la fuite des soldats allemands. Et Alessandro le savait bien lui aussi, Alessandro l'ami de Giorgio, qui était mort quelques heures plus tôt en se battant sur le campanile de San Giuseppe, via Carlo Mayr, derrière chez eux.

— Rentre, c'est dangereux. Un snipper vient juste de tuer Frighi, avait dit Mario, un autre des garçons armés de leur groupe, à Angiolina, en la voyant corso Giovecca, où elle était sortie, terrorisée, parce qu'elle voulait savoir ce qu'étaient ces coups de feu qui avaient déchiré le silence.

Le drapeau était fini maintenant et elle leva les yeux vers le calendrier accroché au mur. Elle avait arraché la feuille avec la date de la veille, juste après minuit, au lieu du matin à son réveil, comme elle le faisait toujours. Elle voulait se le mettre bien dans la tête ce *24 avril*.

Elle entendit un bruit très léger dans la salle en bas. C'était Giorgio, sûrement. Son cœur battit de façon un peu désordonnée, comme toujours quand il rentrait, et puis Jack n'avait pas aboyé mais s'était précipité à toute allure dans les escaliers.

Elle le verrait apparaître à la porte de son atelier, la main sur la tête de son chien, exactement comme sur la photo accrochée près de la fenêtre, où il souriait en habit militaire.

Elle savait qu'il lui murmurerait à l'oreille *Ciao Mamma*, et qu'il l'embrasserait sur la joue sans rien dire de plus. Quand il revenait maintenant, il restait quelques instants seulement, parce qu'il avait peur d'être suivi et voulait les tenir à l'écart des risques qu'il avait choisis, elle et son père.

— Si jamais ils viennent vous poser des questions sur moi, dites que vous ne m'avez plus vu depuis mon retour de Lucca, le 8 septembre, avait-il dit.

Il arrivait toujours avant l'aube et n'entrait jamais par la rue, il passait derrière, par le grillage cassé du jardin, après avoir traversé les courts de tennis de la villa Marfisa.

Angiolina eut la nostalgie de lui enfant. Elle se le rappela, blond, avec son petit costume de marin et eut envie de le garder avec elle, fût-ce pour quelques minutes de plus. Tant pis si c'était dangereux, elle devait absolument trouver le moyen de le retenir.

Le N, songea-t-elle. Il était fini maintenant et elle pouvait coudre plus lentement, d'ailleurs qu'est-ce qu'il en savait, Giorgio, de la vitesse à laquelle on brode ?

Elle leva les yeux, elle le vit sur le seuil et se demanda s'il était possible d'être plus heureux que

Jack qui sautait après lui pour lui lécher le visage. Elle acquiesça pour elle-même en hochant la tête, parce que oui, en ce moment, elle était encore plus heureuse.

Il s'approcha d'elle, murmura son bonjour dans son oreille et l'embrassa sur la joue.

Elle lui répondit avec un filet de voix :

— Assieds-toi mon trésor, j'ai presque fini.

Giorgio s'assit sur le radiateur et regarda autour de lui.

Rien n'avait changé, malgré les années et la guerre. La machine à coudre sous la fenêtre, la porte de la salle de bains entrouverte et la table de travail pleine de choses à repasser, au centre. Il songea combien cette pièce lui semblait grande quand il était enfant et qu'il passait des heures à jouer là sur le sol de tomettes rouges avec Silvia, tandis que Gina travaillait en chantant joyeusement *Dighedon*.

Il sentit une main qui caressait ses cheveux dans son dos, et sans se retourner il leva le bras pour l'attraper.

— Ciao, je suis là.

Il regarda le grand miroir accroché au mur d'en face. Dans la pénombre, on voyait son père, debout derrière lui, décoiffé et avec un pyjama froissé.

Angiolina les regardait les yeux brillants et, pendant un instant infini qui, ils le savaient, ne reviendrait plus jamais, ils restèrent ainsi, immobiles, comme l'aiguille sur le drapeau.

Parce que maintenant, le N aussi était fini.

Il avait sur le visage et dans le regard des siècles d'histoire. Les rides de sa face semblaient creusées par des tempêtes de sable et ses yeux étaient si sombres qu'ils ressemblaient aux gouffres de la terre.

Nizar dormait dans la rue. Le soir, il ramassait des cartons près des conteneurs à ordures, il les installait sur le trottoir en guise de matelas et de couvertures, et peu après il commençait ses rêves.

Quand il se réveillait, à l'aube, il pensait toujours à un café chaud. Il restait couché un moment, regardant les pneus des voitures garées autour de lui et les chaussures des gens qui passaient à cette heure-là, presque toujours avec un chien en laisse.

Nizar avait été heureux. Il avait eu Tom, un braque qui courait après les chats en amour pour les chasser du jardin. Il était plein de fleurs, avec une pelouse bien tondue et une petite table blanche sous un parasol. Ils s'asseyaient là le dimanche matin, Aalia et lui, pour manger les délicieux gâteaux qu'elle avait faits, attendant sans hâte que la poudre du café se dépose sur le fond de la tasse.

Il avait peu de souvenirs, Nizar. Mais celui-ci, il le gardait jalousement. Les autres lui faisaient mal et il les avait chassés de son esprit.

Sa thèse. Oui, il y repensait volontiers. Les professeurs avec leurs toges, les poignées de main, les parents venus exprès en Italie, les larmes de sa mère et l'orgueil de son père pour ce fils qui avait suivi ses traces, en choisissant les lettres classiques.

Tout petit déjà il l'emmenait dans des bibliothèques immenses, où les livres arrivaient jusqu'à des plafonds inaccessibles, et ensemble ils montaient dans les galeries les plus hautes, des galeries interdites, parce que son père cherchait un livre bien précis, et qu'avec lui on pouvait aller partout. Quand il le trouvait, le bonheur illuminait ses yeux. Il soufflait la poussière sur les pages, essuyait le dos en cuir avec la manche de sa veste, et le petit Nizar voulait le connaître lui aussi, ce bonheur.

Une fois, des années plus tard, alors qu'il errait dans Rome en quête d'un endroit sûr, le hasard l'avait conduit devant le portail de son ancienne université. Il vit d'autres SDF qui dormaient derrière les grandes colonnes de l'entrée, alors il décida de s'installer là lui aussi. Sur le sol il y avait l'habituelle odeur d'urine, mais cette nuit-là il s'était senti chez lui.

Au fond, il était revenu en Italie pour ça. Dans sa patrie, il ne lui restait plus rien ni dedans ni dehors, tous tués, tout détruit, dévasté, vidé. À Rome, avait-il songé, il avait été jeune et heureux, il parlait la langue, il avait sa thèse. Alors il décida d'y retourner, même si le voyage qui l'attendait était terrible, rien à voir avec l'avion direct depuis Damas et les hôtesses élégantes de l'époque où il était étudiant.

Mais tout s'était mal passé, peut-être parce que tout avait changé là aussi et que maintenant les gens avaient peur des visages d'étrangers, comme le sien, ou peut-être parce que lui, sans Aalia, n'avait plus la force de combattre.

Aalia était belle. Il rêvait d'elle toutes les nuits et les trottoirs devenaient aussi doux que des sofas.

Il rêvait de ses longs doigts qui suivaient les rides de son visage et sentait son souffle chaud sur sa peau pendant qu'elle lui murmurait : « Personne au monde n'a un visage comme le tien, Nizar. »

Parfois il le regardait, reflété par les vitrines des magasins fermés. Il voyait sa barbe mal soignée, ses yeux noirs et ses vêtements sales et ce sac à roulettes, avec les rares choses qui lui restaient d'une vie entière.

Le matin de janvier où on le trouva mort de froid, place Dante, à l'Esquilin, les carabiniers l'ouvrirent, dans l'espoir d'y trouver un papier ou quelque chose qui permettrait de reconstruire l'identité de ce malheureux. Mais dans ce sac il n'y avait que des livres. Des livres merveilleux, écrits dans toutes les langues anciennes du monde. Celles que Nizar aimait tant, comme Aalia, comme la vie.

Il avait toujours désiré le visage d'Antonio. Il le regardait par la fenêtre de sa chambre traverser la place déserte, une enveloppe serrée dans les mains. Tous les matins il faisait le même parcours, vers la boîte aux lettres qui l'attendait, comme s'il suivait une ligne invisible tracée sur le sol, puis, quand il l'avait atteinte, il restait là immobile quelques instants, recueilli peut-être pour une prière, ou pour un souvenir.

Sitôt l'enveloppe tombée dans le ventre encore vide de la boîte, avant de faire demi-tour pour s'en aller, Antonio en caressait doucement l'angle supérieur, comme si c'était une joue, rouge et doucement arrondie. Il revenait vers chez lui et Franco, caché derrière les persiennes entrouvertes de sa petite chambre au premier étage, pouvait enfin voir de face, de plus en plus proche, ce visage, si anguleux et tordu qu'il semblait avoir été fracassé à coups de bâton.

Quand Antonio disparaissait de sa vue, il courait se regarder dans le miroir de sa maman, accroché au mur du couloir. Il voyait sa peau lisse et son visage rond sous ses cheveux blonds. Trop rond, pensait-il, mais quand il serait grand, il aurait lui aussi des pommettes saillantes, le menton de travers et ces grands sourcils foncés que le Prince, comme on l'appelait dans le village, haussait et abaissait au gré de ses pensées.

Pendant qu'il se dirigeait en sautillant vers l'arrêt du bus qui le conduirait à l'école, à Tresigallo, Franco avait essayé mille fois d'imaginer qui pouvait être la personne à laquelle Antonio écrivait chaque nuit. Il était encore trop petit pour penser à des choses simples, comme des amours perdues ou des enfants lointains, aussi l'imaginait-il impliqué dans des histoires de magie ou de sectes secrètes qui le soumettaient à leur chantage.

Le temps après l'école passait lentement et la fenêtre sur la place était sa télévision. Il avait voulu mettre son petit bureau juste à côté, de façon à pouvoir se tourner à tout moment pour regarder dehors. Au printemps et en été, il laissait les fenêtres ouvertes et, au bruit des pas, il était capable de distinguer les simples promeneurs de ceux qui venaient poster une lettre. Il ne se trompait jamais, et quand il se mettait à la fenêtre c'était à temps pour voir la main de la personne se glisser à son tour dans la fente.

Il aurait follement aimé être assis dans le ventre de la boîte aux lettres, blotti dans l'obscurité, attendant le premier faisceau inattendu de lumière, là en haut, puis la main qui entrait dans cette bouche métallique qui avalait tout et enfin l'enveloppe qui tombait vers lui et se mêlait aux autres. En l'ouvrant par le bas pour la vider, le facteur ne se serait pas davantage aperçu de lui qui serait ainsi tombé dans le grand sac de jute et, une fois arrivé dans le lieu secret où on apporte les enveloppes, on l'aurait jeté sur l'énorme montagne faite de toutes les lettres du monde. Il l'imaginait haute comme le clocher de l'église de don Corrado et il était sûr que le chef des facteurs lui aurait permis de glisser du sommet jusqu'en bas, sur les pentes interminables, comme il le faisait sur l'herbe des digues.

Quand ils quittèrent le village, pour suivre son père qui était muté à Rome, il avait huit ans. Ils n'étaient pas restés longtemps à Rero, juste le temps des deux années de cours élémentaire, et ils n'y étaient plus revenus parce qu'ils n'y avaient pas de parents et qu'ils n'avaient pas eu le temps de nouer des amitiés durables.

Mais son amour effréné pour les boîtes aux lettres, Franco devait le garder toute sa vie. Où qu'il aille, quelle que soit la ville où il vivait, il ne pouvait pas s'empêcher de les regarder avec tendresse, si rouges et si pleines de secrets. Il s'arrêtait pour observer les gens et il lui semblait comprendre parfaitement, à leur façon d'y déposer les lettres, à un instant d'hésitation ou à un imperceptible geste d'agacement, si la lettre contenait de l'amour, de la colère, de la douleur.

Il ne réfléchissait pas beaucoup, Franco, même une fois vieux, quand il avait trop de temps pour réfléchir aux choses qui avaient eu de l'importance dans sa vie, mais dès qu'il s'aperçut que les petites boîtes disparaissaient des rues, rendues inutiles par les mails et les messages sur les téléphones portables avec lesquels tout le monde communiquait maintenant, il commença à avoir la nostalgie de cette place de son enfance.

Le voyage en train de Rome à Ferrare fut rapide mais fatigant, ennuyeux même, parce que les gens autour de lui ne parlaient plus entre eux, en se racontant leur vie comme dans les wagons d'autrefois. Franco avait soixante-dix-huit ans, et il sentit le poids de toutes ces années quand il descendit du car qui l'avait amené, à l'aube, de la gare de Ferrare à l'arrêt de Rero.

Les rues du village étaient désertes et dans l'air semblait flotter encore l'odeur de betterave des campagnes sucrières. Il regarda le store baissé du bar, le clocher par-delà les maisons, le monument aux morts, beaucoup plus petit que dans son souvenir.

Puis il entra sur la place, elle était déserte et ensoleillée, comme la dernière fois qu'il l'avait vue s'éloigner par la vitre de la voiture de son papa, qui les emmenait dans un lieu inconnu et lointain.

Il regarda sa fenêtre au premier étage de la petite maison au crépi défraîchi. Les persiennes étaient entrouvertes et derrière on voyait l'obscurité de sa chambre d'enfant, peut-être y avait-il encore la petite table pour les devoirs et le miroir de sa mère dans le couloir, qui sait.

Son visage aussi était plein de rides maintenant, déformé et marqué par le temps comme celui d'Antonio. Il alla jusqu'à la boîte aux lettres qui l'attendait depuis soixante-dix ans. Le soleil naissant avait à peine commencé à la réchauffer et il la caressa doucement, pour la remercier.

Claudio n'avait jamais marqué de but. Lui aussi arrivait sur la place de l'église, balançait son vélo contre le mur, entrait dans le cloître et, aussitôt après la porte de la sacristie, il se glissait dans le couloir étroit et sombre, courant vers la lumière qui l'attendait là-bas au fond. Tous les après-midi il songeait que la sortie des vestiaires de San Siro devait être pareille, et quand il arrivait sur le terrain il lui semblait, comme à tous les autres gamins, qu'il était arrivé dans le plus grand stade du monde.

Mais Claudio était le seul qui n'avait jamais réussi à marquer un but.

Le petit terrain de Santa Maria in Vado n'avait pas un brin d'herbe et la terre était tellement battue que même la poussière ne se levait plus. Un des buts était réglementaire, en métal, mais l'autre était dessiné sur les briques avec une ligne de peinture blanche. Sur les côtés, il y avait deux murs, le haut mur du vieux couvent et du jardin de l'hospice, et un autre, qui séparait la paroisse des cours des maisons de la via Mellone et qui était surmonté d'un grillage métallique très haut, pour empêcher que les ballons passent sans cesse par-dessus.

Quand cela arrivait malgré tout, tous criaient le nom du propriétaire du jardin et peu de temps après le ballon revenait, lancé par-dessus le grillage, avec en prime quelques jurons.

Les jeunes et les hommes du bar venaient souvent sur le petit terrain eux aussi. Après le déjeuner, vers deux heures, ils s'asseyaient en cercle sur la place, avant de retourner au travail ou à leurs livres d'école, et quand ils parlaient depuis un moment, les chaises commençaient immuablement à s'enfoncer dans la terre meuble, entre les cailloux. Ils se retrouvaient alors tellement penchés sur un côté qu'ils risquaient de basculer, mais personne ne s'était jamais levé pour sortir un pied métallique de la terre et remettre une chaise d'aplomb, par paresse peut-être, ou plus probablement parce que cette vision oblique de l'horizon était parfaite pour leurs discussions décousues.

Quand le climat dégénérait, qu'on en venait

aux hurlements, il y avait toujours quelqu'un qui se levait et disait :

— Allons taper quelques ballons.

Sans se changer, avec leurs habits normaux, ils allaient sur le terrain et se mettaient à tirer des corners sur le côté du but réglementaire tandis que les enfants, sans se plaindre, allaient jouer de l'autre côté, là où le but était seulement dessiné.

Les parties étaient souvent improvisées, petits et grands mélangés. Le mécanisme était toujours le même : les deux capitaines tiraient à pile ou face au centre du terrain et commençaient à choisir, à tour de rôle, un joueur chacun, parmi tous ceux qui attendaient en groupe. C'était un critère impitoyable, car, bien sûr, les plus forts étaient appelés tout de suite, et quand, à la fin, il ne restait que les plus faibles, le jeu se bornait à choisir quelqu'un de force, entre les rires et les quolibets.

Claudio était toujours choisi le dernier. Il le savait, mais cela ne le vexait pas, parce que depuis l'enfance il s'était habitué aux moqueries et aux méchancetés, et puis il savait qu'il n'était pas capable de jouer au football ; pis encore, il pensait qu'il n'était bon à rien. Il avait des boucles blondes, il souriait toujours et ses amis, même ceux qui se moquaient de lui, l'aimaient beaucoup. Ils étaient un peu sa famille, parce qu'il avait perdu sa maman quand il était tout petit, son papa quelques années plus tard.

Le miracle se produisit un après-midi de juin. Sur le terrain on jouait une de ces parties d'adultes et d'enfants mélangés et, ce jour-là, il y avait aussi le public du bar, sur le rectangle en ciment près de l'entrée.

Soudain, à la fenêtre de l'une des maisons derrière le grand grillage métallique, une femme apparut, la mère de Bassi, qui cria :

— Marco, viens tout de suite.

Le garçon sortit en courant, en s'excusant d'un geste de la main, et les joueurs de l'équipe se regardèrent, perdus, parce qu'ils étaient en train d'égaliser et que Marco était un des meilleurs. Alors le capitaine écarta les bras et dit :

— Allez Claudio, à ton tour.

Il sentit ses jambes trembler et n'entendit même pas les hurlements amusés du public et les jurons des joueurs plus âgés. Il entra sur le terrain, en priant pour ne jamais toucher le ballon, mais peu de temps après, inexorable, une passe arriva sur lui. Dieu sait comment, il réussit à la relancer à un compagnon qui courait de l'autre côté, devant le mur de l'hospice.

C'est alors qu'il entendit derrière lui un applaudissement dans le public, et, très distinctement, une voix qui hurlait :

— Super Claudio !

Comme il aurait voulu que son père soit là lui aussi, parmi la foule ! Il aurait enfin été fier de lui.

Il commença à courir avec beaucoup plus d'assurance et, sous ses pieds, la terre du petit terrain était devenue la pelouse verte du SPAL[1]. Il lui sembla qu'il portait le maillot blanc-bleu, exactement comme Massei, il imagina les hurlements de Mazza, l'entraîneur, sur le banc et le vacarme des supporters qui l'encourageaient depuis le virage Est.

Il eut un nouveau ballon, il le garda entre ses pieds en courant, leva les yeux vers le but dessiné sur le mur et, dans un silence absolu, il tira.

Après, il n'entendit que les applaudissements, les hurlements de joie, ses camarades qui l'étreignaient, lui ébouriffaient les cheveux. Maintenant, au milieu de tous ces bras, Claudio pleurait de bonheur, parce qu'il avait toujours cru que jamais dans sa vie il ne parviendrait à marquer ce but.

1. SPAL (Società Polisportiva Ars et Labor) : club de football fondé en 1907 et établi à Ferrare. (N.d.T.)

Au début, même les autorités assises au premier rang ne s'étaient aperçues de rien. L'araignée était descendue du plafond de la salle des audiences et avait atteint l'épaule du président de la cour qui en était déjà à sa deuxième heure de discours. Elle s'était accrochée au cordon doré de la toge et avait commencé à tisser sa toile.

Le premier à se rendre compte de ce qui se passait fut le procureur général qui, assis pas trop loin, pouvait voir les fils briller, éclairés par la lumière qui entrait par les grandes baies en face de lui. Il se demanda que faire, comment intervenir, et conclut finalement que le mieux était simplement de rester là, immobile, à savourer la scène.

Au fond, il l'avait bien cherché ce vieux tromblon logorrhéique, se dit-il.

À chaque occasion officielle, le président tenait

des discours terriblement longs. Et là, c'était sa dernière inauguration de l'Année judiciaire et tout le monde s'était préparé mentalement à un discours-fleuve. Les plus inquiets étaient les vieux magistrats, ceux qui avaient des problèmes de prostate, mais aussi les avocats, les chanceliers, les autorités civiles, militaires et religieuses. En bref, tous ceux qui étaient accourus au palais de justice pour écouter les adieux à la magistrature de l'illustre président Rufo degli Esposti avaient imaginé de petites mesures personnelles de précaution. Il y avait ceux qui avaient forcé sur le café pour ne pas risquer de s'endormir, ceux qui avaient cessé de boire depuis la veille au soir pour limiter leurs besoins, et ceux qui avaient carrément avalé des substances excitantes pour rester éveillés.

Mais l'araignée, personne ne l'avait prévue. Après le procureur, le deuxième à s'en apercevoir fut le préfet, assis au premier rang, qui prévint aussitôt le préfet de police, assis à sa droite, d'un petit coup de coude et d'un haussement des sourcils, tandis qu'il murmurait quelque chose à l'oreille du maire.

En quelques minutes, la nouvelle se répandit dans toute la salle. D'ailleurs, l'araignée continuait à travailler à une vitesse incroyable et, plus elle tissait, plus la toile devenait grande et visible. En peu de temps, elle avait attaché la toge à la coiffe, les jambes à l'estrade et les manches à la lampe qui éclairait les feuilles que le président, inconscient, continuait à lire tranquillement. Il était même arrivé au cœur de son discours, à ses mots d'adieu à la magistrature et, sans aucun doute, songea-t-il avec une pointe d'émotion qui transparut dans sa voix, cette légère rumeur dans la salle confirmait l'émotion des présents.

C'était bien sûr de l'hilarité, pas de l'émotion, qui se répandait par vagues dans le public. Le président de l'Ordre des avocats savourait, avec une joie particulière, la vengeance que ce petit animal exerçait au nom de tous. C'était comme si l'araignée disait clairement à Degli Esposti qu'il avait vraiment cassé les pieds à tout le monde avec ses discours-fleuves. Qu'il prenne enfin sa retraite.

C'est au début de la troisième heure de discours que le drame se joua. Le président ralentit d'abord sa lecture, comme s'il avait du mal à lire ou à parler, puis il se figea, ses yeux roulèrent et les feuilles glissèrent de ses mains. Il serait tombé lourdement sur le sol s'il n'avait pas été retenu par cette puissante toile d'araignée qui maintenant l'enveloppait complètement. Il s'affaissa sur lui-même, mais resta suspendu dans le réseau de fils, comme un énorme thon remonté dans un bateau par des pêcheurs.

Les premiers à le secourir remarquèrent deux détails qui, pendant des décennies, passèrent malicieusement de bouche en bouche dans les couloirs du palais de justice. Le premier, c'est que l'araignée aussi était morte, écrasée par le bloc de feuilles du discours que le président, en perdant connaissance, avait laissé tomber sur le sol en mosaïque de marbre. Le second, c'est qu'il restait exactement cent soixante-dix-huit pages dactylographiées à lire.

Le matin de son quatre-vingt-dix-huitième anniversaire, le comte Armistizio Vitafinzi se réveilla avec la certitude absolue qu'il aurait bientôt un enfant.

Il tendit la main vers la table de nuit, prit le petit comprimé pour la tension qu'il posait là chaque soir, à côté de son téléphone, de peur de l'oublier, et l'avala, comme toujours, sans une goutte d'eau.

Il redressa son oreiller pour soulever un peu sa tête.

Non, il n'avait pas le moindre doute.

Il désirait cet enfant, sang de son sang, que lui, célibataire impénitent, n'avait jamais voulu. Comment et avec qui il le ferait, c'était juste un problème d'organisation.

Il sourit, satisfait.

Dans sa longue vie, il avait aimé par-dessus

tout les désirs. Petits ou grands, il les sentait toujours arriver, lentement, et, avant de leur céder, il les laissait le caresser sans hâte, parce qu'il voulait goûter au maximum le plaisir de cette phase d'incertitude où il n'avait pas encore décidé s'il les repoussait ou s'il se laissait entraîner dans la jouissance de leur assouvissement.

Ce matin, le désir de devenir père lui était tombé dessus, urgent, irrépressible.

— Bon sang, dit-il en mettant ses mains derrière sa tête pour la soulever encore un peu, neuf mois d'attente, c'est vraiment très long.

Il pressa la petite sonnette, celle avec une base carrée en marbre rosé, à côté de sa lampe de chevet et sourit.

Marisa allait se précipiter, le souffle court, certaine de le trouver moribond, et pourtant il allait très bien, il commençait même à s'exciter à l'idée du rapport qu'il allait avoir avec l'élue, future mère de son fils. Il l'imagina assise sur lui, avec une combinaison en dentelle blanche.

Il prit le miroir au manche d'argent qu'il gardait dans le tiroir de sa table de nuit.

Bien sûr, il était vraiment vieux, songea-t-il en regardant son visage dévasté par les rides et ses yeux que la cataracte rendait chaque jour plus opaques.

Il y avait plus de trente ans qu'il ne faisait pas l'amour et il ne se rappelait même plus qui était la dernière femme avec laquelle il avait couché. Peut-être dans un hôtel de Venise, songea-t-il.

Marisa entra dans la pièce, une main sur son visage pour contenir sa douleur et l'autre tenant son téléphone, déjà prêt.

— Du calme, du calme, je ne suis pas mort cette fois non plus. Mieux, je vais même devoir différer encore un peu.

La femme se laissa tomber sur la chaise proche de la porte, comme épuisée par le stress qu'elle avait subi.

— Vous m'avez fait peur. Ça fait des années que vous n'utilisez pas cette sonnette, qu'est-ce qui vous a pris ? Pourquoi ne m'avez-vous pas appelée avec votre téléphone comme d'habitude ?

Armistizio ne l'entendit même pas. Il était terriblement pressé et il avait beaucoup de problèmes à régler.

— Apporte-moi une feuille de papier à lettres à mon nom, une plume et un livre pour la poser dessus.

Marisa se repentit du ton sur lequel elle avait

parlé. Il voulait peut-être écrire le testament auquel il s'était toujours refusé, et il avait peut-être l'intention de lui laisser quelque chose à elle aussi.

— Voilà, monsieur le comte, dit-elle d'une voix douce, en essayant de se rattraper.

— Aide-moi à m'asseoir, répondit-il avec une voix qui, en effet, semblait légèrement troublée par l'émotion.

Sitôt installé plus confortablement sur son lit, il commença à écrire pendant qu'elle époussetait les bibelots de la commode, en feignant d'être distraite, mais en surveillant toujours le comte du coin de l'œil.

— Donne-moi une enveloppe ! ordonna-t-il, d'une voix autoritaire cette fois.

Marisa lui en tendit une qu'elle prit dans la pile bien ordonnée sur le petit bureau de noyer et resta debout, à côté du lit, attendant ses ordres.

Il glissa la feuille dans l'enveloppe et la ferma, sans coller le rabat avec sa langue.

— Curieuse comme tu l'es, je sais bien qu'une fois dans la cuisine, tu l'ouvrirais avec un couteau.

Elle la prit avec un geste agacé, en essayant de paraître vexée.

— Va à la pharmacie et remets-la au docteur Mantovani en personne. S'il te dit qu'il a besoin d'une ordonnance d'un médecin, réponds-lui textuellement que le comte Vitafinzi a dit de ne pas lui casser les couilles.

Il regarda les formes de son propre corps centenaire, étendu sous les couvertures.

— Ce Viagra, j'en ai besoin tout de suite, c'est clair ?

Malagù arrivait la nuit. Il avait les sourcils épais comme des forêts et des pantalons trop larges, difficilement retenus par une ceinture, serrée presque sous ses aisselles.

Il marchait comme tous les vieux, penché en avant, les mains nouées derrière son dos, et quand les garçons et les hommes du bar Scandiana le voyaient sortir de l'obscurité de via Borgo di Sotto et apparaître dans le faisceau de lumière du lampadaire de via Madama, c'était toujours le même scénario.

Sans même se concerter, tous savaient quoi faire. Il y avait ceux qui se chargeaient de l'arrêter sous un prétexte quelconque, ceux qui couraient à l'intérieur du bar pour prévenir les autres et ceux qui faisaient la recommandation la plus importante :

— Vite, faites sortir le grand-père, avant qu'il s'en aille !

À cet instant, les parties de cartes et de billard, même les plus animées, étaient suspendues sans contestation, Brunino arrêtait de servir au comptoir et tous sortaient dans la rue, car ils n'auraient manqué pour rien au monde le rituel sacré des rimes de Malagù.

Personne ne savait quand il avait été célébré pour la première fois, ni si le grand-père, le seul client du bar auquel était confiée la tâche exclusive de célébrant, avait appris d'un prédécesseur plus âgé l'ordre des questions. Lui-même ne s'en souvenait pas, et des années plus tard il répondait par des mots vagues et totalement oiseux à ceux qui lui demandaient de raconter aux plus jeunes l'histoire du petit vieux et de ses poètes.

D'ailleurs, toutes les informations concernant Malagù étaient nébuleuses. On ne savait pas quel métier il avait exercé dans sa vie, ni où il habitait, où il allait les nuits où il passait devant le bar, tous les deux ou trois mois. Personne n'avait jamais osé le suivre, quand il tournait le dos et repartait à nouveau dans l'obscurité, vers le palais Schifanoia et le silence du Montagnone, ni l'interroger sur sa vie ou sur ce fils, fou comme lui, qu'on lui prêtait. D'ailleurs, il aurait été inutile d'essayer de violer ces secrets par des questions, car on savait qu'il n'aurait jamais répondu, parce qu'il était toujours silencieux, méfiant et renfrogné, et ne parlait que pour répondre aux rimes du grand-père.

Le rituel commençait lorsque dehors tous faisaient cercle autour de lui, qui était immobile sur le trottoir, voûté, et toujours les mains derrière son dos.

Alors, comme un grand acteur entrant sur la scène illuminée face à l'orchestre sombre, le grand-père sortait par la porte du bar.

— Ciao Malagù, disait-il avec une voix à la Vittorio Gassman et un geste solennel du bras.

Lui se taisait, continuant à regarder le sol.

Une longue pause de silence, un lent mouvement de la tête pour savourer les regards d'attente, et enfin le grand-père commençait le défi.

— Malagù, qu'est-ce qu'i' f'sait Pétrarque ?

La réponse arrivait foudroyante :

— I' se f'sait foutre dans une barque.

— Et l'Arioste ?

— I' se f'sait foutre sans riposte.

— Et qu'est-ce qu'i' f'sait le Tasse ?

— I' se f'sait foutre sur la place.

— Et Dante ?
— I' se f'sait foutre par une tante.
— Et Manzoni ?
— I' se f'sait foutre tout endormi.
Enthousiasme, éclats de rires sonores.
— Et Leopardi ?
Long silence, attente du public.
— I' se f'sait foutre pardi.
Cris d'admiration, applaudissements bruyants.

Le grand-père levait les bras, faisait taire tout le monde, parce que la dernière question, la plus perfide, allait arriver, celle qui déciderait de la joute verbale.

Malagù attendait, immobile, le regard toujours fixé sur le sol et déjà dans le cercle de spectateurs un passage s'ouvrait derrière lui, parce qu'on savait, depuis des générations, qu'après cette dernière réponse, il se retournerait pour repartir dans l'obscurité de la nuit d'où il était arrivé.

— … et Shakespeare ?

Long silence, absolu, puis Malagù levait la tête et regardait enfin le grand-père, droit dans les yeux :

— I' se f'sait foutre lui aussi.

Ovation.

Comme chaque jour à l'aube, il le croisa en descendant vers la plage. Il était très vieux et marchait courbé, le corps desséché par le temps, dans des vêtements trop larges.

— Bonjour Alypios, lui dit-il.

Lui, comme toujours, se contenta de lever un bras pour répondre au salut, mais ce matin-là, sans s'arrêter, il ajouta à voix basse :

— La mer n'est plus là.

Karpos ne fit pas attention à ces mots parce qu'il continuait à penser aux comptes de la taverne et il entendait la voix de sa femme résonner dans sa tête :

— Quelle honte ! Si nous devons vraiment fermer, je ne reste pas une minute de plus à Tsoutsouros, c'est clair ?

Il entra dans la cuisine par la porte de derrière,

accrocha les clés au clou au-dessus des fourneaux, s'assura qu'il n'y ait pas de nouveaux cafards par terre et entra dans la pièce sombre. Il savait par cœur comment éviter les tables et les chaises, même s'il ne les voyait pas dans la pénombre. Il gagna les fenêtres qui donnaient directement sur la plage et retira, une à une, les planches qui les fermaient. Maintenant la lumière blanche inondait tout et l'air frais balayait les odeurs de nourriture et de moisissure.

Il prit sa chaise habituelle et la traîna sous la véranda, pour commencer la journée comme il aimait le faire, en fumant tranquillement un de ses cigares, dans le silence absolu, sans voix autour de lui. Il savait bien comment savourer ce moment de calme, en répétant les gestes lentement, toujours les mêmes. Il s'assit, frotta l'allumette sur le mur blanchi à la chaux, alluma son cigare, se remplit la bouche de fumée et la retint le plus longtemps possible. Il la laissa sortir et ouvrit les yeux pour la voir se dissiper dans la brume légère de l'aurore.

Il sentit son sang se glacer dans ses veines.

Il ferma les yeux et les rouvrit quelques secondes plus tard.

Devant lui, il y avait la plage. Rien que la plage, parce que c'était vrai, la mer n'était plus là.

Il posa son cigare sur le muret situé entre la véranda de la taverne et la maison voisine, pour qu'il ne s'éteigne pas, puis il se leva.

Rien.

Il traversa l'étendue de sable, gagna la trace, encore visible, du rivage et continua à marcher, en avançant toujours. Partout des algues déjà sèches, puis quelques rochers, des troncs, des pierres, des coquillages, des débris de barques coulées. On voyait de tout, jusqu'à l'horizon le plus lointain, sauf l'eau.

Karpos ne s'étonna pas du fait qu'une marée aussi basse ne pouvait pas exister dans la nature, ou de ce que le vieil Alypios puisse rentrer tranquillement chez lui après avoir vu une chose pareille, et pas davantage de ce qu'un événement terrible et surnaturel se produisait juste devant lui, mais simplement du fait qu'ainsi, sans la mer, la Crète n'était plus une île, bon sang.

Il lâcha le guidon et prit ses bras par-derrière, en les serrant à peine. Ils étaient maigres comme soixante ans plus tôt.

— Laisse-moi conduire, avait-elle dit en penchant la tête en arrière, comme elle le faisait quand elle était très heureuse et qu'elle riait. Il s'était donc retrouvé au milieu de cheveux soulevés par le vent et peu lui importait qu'ils soient devenus blancs, d'ailleurs il ne les voyait pas, parce qu'il avait fermé les yeux et devait juste pédaler.

Ils avaient soixante-dix-huit et soixante-seize ans.

Quand ils s'étaient aperçus que la bicyclette était encore là, appuyée au mur de l'entrée, elle lui avait demandé :

— Tu es encore capable de me porter sur le cadre ?

Il était monté en selle et avec un sourire lui avait fait signe de s'installer parce qu'il voulait avoir l'air sûr de lui, alors qu'en réalité il sentait ses jambes trembler et craignait de ne pas en être capable.

Pourtant, après l'effort du départ, la bicyclette avait commencé à rouler doucement, comme si les rues plates de la ville étaient devenues autant de descentes légères. Ils traversèrent la place, passèrent sous la fenêtre de leur tour de l'Horloge et s'éloignèrent jusqu'à la maison sur le Volano, ou peut-être plus loin encore, jusque sur la rue de l'hippodrome, avec sa pelouse à l'abandon, la menuiserie, le bar devant le court de tennis et le petit dispensaire.

On était le 10 avril, et l'air était frais sous le ciel bleu.

Personne n'a jamais su s'ils s'étaient donné rendez-vous pour ce jour-là, en le cachant à tout le monde, ou si au contraire ils s'étaient rencontrés par hasard, par une caresse du destin. Ce qui est sûr, c'est que ceux qui les ont vus ont parlé de deux vieux sur une bicyclette, qui riaient comme des gamins. Peut-être avait-elle mal aux jambes, à cause de cette position inconfortable sur le cadre du vélo, et le suppliait-elle de la laisser descendre et lui, par jeu, comme des années plus tôt, refusait, disait qu'il ne s'arrêterait pas.

Andrea tombait. Il était grand, gros comme une montagne et il souriait, en pensant peut-être à sa vie désordonnée.

Mais il tombait. Il s'évanouissait soudain et tombait.

Cela avait commencé assez tard, quand il était déjà lassé même de l'élevage des chevaux, et les médecins, en particulier ceux des urgences de chacune des villes où il lui était arrivé de s'évanouir, commençaient par lui faire des dizaines d'examens, scanners, IRM, radios, prélèvements, consultations neurologiques, puis ils se mettaient à discuter avec animation au pied de son lit.

Imposant sous ses draps, amusé, Andrea les regardait s'échauffer dans leurs blouses blanches, dans leur vaine recherche d'une explication scientifique à ces curieux évanouissements.

Ils lui demandaient chaque fois les détails de ce lointain accident – il était à peine sorti de l'enfance –, où il avait risqué sa vie. Il répétait qu'il était resté plus de vingt jours dans le coma, qu'il s'était bien réveillé, mais qu'il n'avait plus aucun papier ni dossier clinique, perdus dans Dieu sait lequel de ses nombreux déménagements. Il répétait donc toujours les mêmes choses, il revoyait nettement la voiture sur l'autre voie, elle se soulevait de terre, après avoir heurté un camion, et arrivait en planant, retournée, droit sur sa Seicento, toit contre toit. Instinctivement, il avait lâché le volant et s'était penché en arrière, dans ce geste apparemment illogique qui lui avait sauvé la vie, pour aller protéger sa tête derrière le dossier à côté de lui.

Il ne se rappelait rien d'autre, mais, expliquait-il aux médecins, il n'avait plus eu aucun trouble pendant des années, jusqu'à son premier évanouissement.

Cela s'était passé chez ses parents âgés, à Galbiate, où il revenait parfois pour les saluer. Il était tombé dans la cuisine et Antonio et Gabriella l'avaient ranimé, très inquiets, en lui donnant des gifles. Andrea se rappelait les mains de sa mère sillonnées de longues veines, et le visage de son père derrière lui, qui lui soutenait la tête.

Il s'était habitué à s'évanouir partout et, avec le temps, il avait même appris à cohabiter avec ces chutes imprévues, comme avec ses dettes, expliquait-il en riant.

Oui, parce qu'à un moment de sa vie, Andrea avait quitté la grande entreprise où il travaillait pour se consacrer aux chevaux. Sa première femme d'abord, puis son fils et presque tous ses amis avaient essayé de l'arrêter.

— Mais comment ? Au beau milieu de ta carrière ? Un manager à succès qui renonce à son salaire pour torcher le cul des bêtes !

Ils avaient essayé par devoir, mais sans y croire, parce qu'ils savaient bien qu'Andrea était né libre et que personne ne pourrait l'empêcher de vivre comme il voulait.

Après avoir démissionné, il avait commencé à circuler à travers l'Italie, sans rien dire de sa vie, sauf parfois quelques nouvelles fragmentées et incertaines, quand il arrivait à l'improviste chez des amis et des parents pour quelques jours. On savait, par exemple, qu'il avait une deuxième femme et un autre enfant près de Rome, mais personne ne les avait jamais vus ou ne savait rien de plus.

Ils arrivèrent eux aussi à Ferrare, le jour des obsèques, retrouvés grâce à une recherche parmi les rares contacts sur le téléphone portable d'Andrea.

Ils l'avaient trouvé un matin, près du lit dans la maison de ses cousins, où il allait souvent les dernières années et où il avait fêté le versement de sa retraite de dirigeant d'entreprise, attendue pendant quelques décennies.

— Maintenant, je suis à nouveau riche, avait-il dit avant d'aller s'acheter une bicyclette électrique.

Les circonstances de sa mort apparurent aussitôt claires et banales. Il s'était évanoui en se levant, mais il était tombé assis, dans le peu d'espace qu'il y avait, pour un homme de sa stature, entre le lit et le meuble avec un miroir. S'il était tombé couché par terre, comme cela lui était arrivé cent fois, il aurait survécu. Mais assis comme cela et écrasé par son propre poids, il n'avait pas pu recommencer à respirer.

Deux jours après, dans la chambre mortuaire, Andrea était étendu avec un costume sombre et des chaussures bien cirées qu'il ne portait plus depuis l'époque de l'entreprise.

Près de lui, de chaque côté du cercueil, deux garçons le regardaient, debout, ses fils qui ne s'étaient jamais rencontrés.

Andrea souriait et cela semblait normal à tous ceux qui l'avaient connu, alors qu'il n'était pas du tout normal qu'un mort ait un sourire sur le visage.

Peut-être pensait-il au costume qu'on lui avait mis, ou au secret de ses évanouissements que lui seul connaissait, ou peut-être au bonheur de ses deux enfants qui se voyaient pour la première fois, ou à la pensée du troisième, lointain, dont personne ne savait qu'il existait. Ou peut-être voulait-il seulement faire comprendre à tout le monde que cela ne l'ennuyait pas du tout d'être mort, parce qu'il avait pu vivre comme il le voulait.

Qui sait pourquoi, mais il souriait.

Il aimait observer la vie par les fentes. Partout où il en repérait une, que ce soit entre deux murs, ou dans l'entrebâillement d'une porte entrouverte, plus elles étaient étroites, plus elles limitaient la bande verticale du monde que l'on pouvait voir, plus il parvenait à imaginer la beauté de tout le reste.

Il n'avait aucun souvenir de son enfance, et il ne pouvait pas s'informer auprès de ses parents, qui reposaient depuis des années au Père-Lachaise, mais il était convaincu que tout avait commencé quand il était enfant.

Il se souvenait très bien en revanche des premiers émois que lui avaient causés, dans sa prime adolescence, les jeunes filles du collège, si minces qu'elles tenaient tout entières, avec leurs blouses, dans l'étroite ouverture de la porte de la classe des filles.

Elles étaient partout et il avait appris à les trouver ou à les créer devant lui, en changeant son angle de vision d'un simple mouvement de la tête. Elles pouvaient être entre les rayons d'un supermarché, dans les couloirs étroits des immeubles, dans les coursives d'un hôpital ou dans les salles d'un musée.

Hommes et femmes passaient lentement ou s'attardaient de la même façon, qu'ils soient devant des produits qu'ils mettraient dans leur chariot ou devant des toiles à admirer. Eugenio les cadrait dans cet interstice très étroit, en quête de la perfection. Il se déplaçait pour réussir à fixer la personne immobile pendant quelques instants, juste au centre d'un rayon de lumière. Et à cet instant, clic, il prenait une photo avec l'obturateur parfait de ses paupières.

Son lieu de prédilection était le train. Tous les matins, il se mettait à observer un passager parmi les banlieusards qui allaient au travail, à travers la petite fente qui séparait les dossiers des deux sièges devant lui. Il essayait d'arriver à la gare un peu en avance, pour monter le premier, dès que le train était à quai, et occupait souvent la même place. Il trouvait fantastique de scruter chaque jour une personne différente, mais toujours par ce même espace de quelques centimètres.

Beaucoup regardaient dehors par la fenêtre et il avait appris à reconnaître ceux qui admiraient véritablement le paysage et ceux qui ne le voyaient même pas parce qu'ils avaient les yeux tournés vers l'intérieur, comme l'avait écrit Bahr. Il y avait aussi ceux qui dormaient, dignes et hautains, tout le contraire de ceux qui s'écroulaient, la bouche ouverte et la tête tombant sur le côté. Bien sûr, la plupart des voyageurs passaient le temps en parlant avec leur voisin, et dans ce cas Eugenio s'était fixé une règle, qu'il honorait scrupuleusement : garder la tête immobile pour ne pas voir l'autre passager dans la fente. Il aimait en reconstruire le visage juste à travers le regard de l'homme ou de la femme qu'il voyait parler, comme si ses yeux étaient un miroir.

C'est ainsi qu'il est tombé amoureux d'elle.

Ce matin-là, dans l'espace entre les sièges, un jeune soldat essayait, de façon timide et gauche, d'attirer l'attention de la jeune fille assise à côté de lui.

Elle devait être en train de lire, et sans doute elle était agacée par ses tentatives maladroites pour engager la conversation. Elle répondait presque sans se retourner, on le devinait au mouvement de ses longs cheveux blonds, qui apparaissaient à peine dans l'espace étroit entre les sièges.

Le soldat dit le nom d'une ville, Ferrare peut-être, ou Carrare, on n'entendait pas bien. Soudain, elle se tourna pour le regarder, et ce fut comme si le visage du jeune homme était frappé par un faisceau de lumière enchantée. Dans ses yeux éblouis apparut toute la douce beauté de la jeune femme et Eugenio en tomba éperdument amoureux.

Il pensa à sa règle, il pensa qu'il devait la respecter à tout prix, qu'il ne pouvait pas la trahir, parce que les fentes lui faisaient comprendre la beauté du monde que personne ne parvenait à voir. Mais son cœur battait de désir et la jalousie envers les yeux du soldat le dévorait au point de lui couper le souffle.

Alors il ferma les paupières et se leva, en appuyant ses mains sur le siège qui le séparait d'elle.

Puis lentement, très lentement, il les rouvrit.

Il était pressé, terriblement pressé. Le trottoir était trop étroit pour contenir toute cette foule, et on ne pouvait même pas courir, comme il aurait voulu le faire si seulement il y avait eu un peu plus d'espace.

Ce qui l'ennuyait le plus c'était le comportement distrait des passants. Qu'ils aillent travailler ou qu'ils se promènent dans les magasins, ils semblaient ne pas s'apercevoir du chaos absurde dans lequel ils étaient plongés. Au lieu d'avoir un minimum de règles d'organisation, comme les voitures – pensait-il – qui ont des limitations de vitesse, des couloirs pour doubler, des interdictions de stationnement, et ainsi de suite, sur ces foutus trottoirs il n'y avait aucune logique, et si on était pressé on devait avancer en zigzag, ralentir parce qu'un couple avait soudain décidé de se mettre à discuter au milieu du flux incessant ou risquer d'être bousculé par des groupes de touristes japonais qui suivaient le drapeau de leur guide, sans laisser le moindre espace.

Il regarda l'heure sur son téléphone et décida de descendre du trottoir pour se mettre à courir dans la direction opposée à celle des automobiles, jusqu'à l'escalier du métro, désormais proche. Il devait encore acheter son ticket et ne pouvait absolument pas manquer le train, sinon il arriverait en retard au rendez-vous de la vie. Il avait répondu à l'annonce qui offrait un travail parfait pour lui et pour son diplôme, et n'avait jamais imaginé pouvoir être choisi pour cet entretien. Mais ils avaient lu son CV et l'avaient convoqué avec quatre autres garçons de son âge. Et maintenant tout risquait d'être fichu à cause de sa stupide habitude d'être toujours en retard.

Il évita les voitures et les bus qui le menaçaient à coups de klaxon, se précipita dans les escaliers, bousculant et poussant les gens qui montaient ou descendaient.

Il arriva à la billetterie où, par miracle, il n'y avait que trois personnes qui attendaient, tandis qu'aux tourniquets le flux s'écoulait rapidement grâce aux cartes magnétiques des abonnements.

Il regarda l'heure une nouvelle fois, c'était encore jouable.

En quelques secondes son tour arriva et il tendit un billet.

Derrière le petit guichet découpé dans le mur il y avait une femme, encore jeune mais vraiment trop négligée.

Elle avait des gestes automatiques, prenant l'argent et tendant les tickets et la monnaie sans lever les yeux.

Bien sûr, elle n'avait pas songé à se maquiller ou à se laver les cheveux après le coup de téléphone qui l'avait réveillée. Elle connaissait bien les problèmes de sa sœur avec son mari, mais l'épisode qu'elle lui avait raconté en pleurant confirmait que les bornes étaient dépassées. D'ailleurs, si elle s'était décidée à porter plainte, soumise comme elle l'était, cela voulait dire que leur mariage était vraiment arrivé à son terme maintenant.

Elle l'accompagnerait au commissariat le matin même, dès que la collègue qui avait promis de la remplacer au guichet arriverait.

Elle regarda encore la pendule accrochée au mur du bureau. On était à quelques minutes de neuf heures.

Elle songea à la chambre de l'hôtel Pamela qui

portait ce même numéro, à combien elle l'avait aimé, le mari de sa sœur, à la douceur mêlée au sentiment de faute de ces après-midi passés à l'hôtel. Ils pensaient que c'était un amour éternel, si fort qu'il leur ferait trouver la force de dire très vite la vérité à leurs conjoints respectifs et à leurs enfants. Mais cet amour avait fini, se terminant sans regrets ni souvenirs. Ce n'était que du sexe, se dit-elle pour la première fois.

Elle entendit claquer la porte en fer derrière elle.

— Me voilà.

Elle tendit le dernier ticket hors du guichet, fourra ses cigarettes et ses lunettes dans son sac, et fit pivoter le tabouret avec ce geste automatique de gentillesse qu'elle avait à la fin de chaque tour, quand elle savait que c'était Iolanda qui allait la remplacer.

— Merci, murmura-t-elle, et elles échangèrent un baiser sur les joues.

Iolanda continua à faire tourner le tabouret pour le hausser le plus possible.

Sa petite taille lui avait toujours posé des problèmes. À l'école, au collège, on se moquait d'elle, surtout quand on la voyait avec sa maman, qui était encore plus petite.

En revanche, Patrizia, sa fille, tenait de son père, mais uniquement pour la stature, précisait-elle toujours.

Son père était grand, en effet. Pour le reste, il valait mieux ne pas en parler. Elle n'avait pas eu beaucoup de chance, bien sûr, mais elle aurait dû s'y attendre. La femme de l'agence matrimoniale l'avait mise en garde quand elle lui avait montré la photo de l'homme qui s'était enquis d'elle.

— Il s'appelle Enrico. Un brave type, avec un travail sûr dans une banque, mais un peu simplet, dirons-nous.

Mais Iolanda ne l'écoutait déjà plus, tellement elle était troublée qu'un homme l'ait distinguée, elle vraiment, en la choisissant dans un catalogue parmi les photos de dizaines de femmes.

Au fond, les choses s'étaient plutôt bien passées entre eux. Il était gentil, même s'il parlait très peu.

Elle avait recommencé à donner les tickets et, comme toujours, elle regardait les mains. Jamais les visages des gens. Elle ne levait les yeux que si c'était nécessaire pour une discussion, par exemple une erreur dans la monnaie rendue.

Les mains étaient si différentes entre elles, beaucoup plus que les visages, affirmait-elle. Elle éprouvait de la tendresse pour celles des vieux, alors que les mains grasses ou celles à la peau trop claire l'agaçaient. Il lui semblait qu'elles étaient la preuve de quelque chose de caché et de pas très propre et elle essayait de ne pas les frôler, comme cela arrivait souvent en ramassant les billets ou les pièces de monnaie.

— Madame, excusez-moi.

Un homme âgé qui avait baissé la tête juste devant le guichet la tira de ses pensées.

Il avait un chapeau élégant et des yeux clairs. Elle observa ses mains, soignées mais avec la peau rêche de quelqu'un qui a travaillé toute sa vie. D'un signe de tête elle l'invita à parler.

— Hier je crois avoir laissé ici une petite boîte en cuivre avec un couvercle en nacre noire, comme les boîtes à pilules.

Iolanda regarda sur l'étagère où on mettait les objets oubliés et la vit.

— C'est celle-là ?

L'homme s'illumina de joie et la prit avec une extrême délicatesse, comme si elle était pleine de poudres magiques qui risquaient de se renverser.

— Merci, merci. Je ne sais pas comment vous remercier.

Elle lui fit un signe comme pour dire qu'elle n'avait rien fait de particulier.

Il sourit encore et se retourna, en serrant la petite boîte des deux mains contre sa poitrine, et il commença à fendre la foule.

Les récits qu'il écrivait le soir venaient aisément si, dans la journée, il avait pu noter ses pensées avant qu'elles ne lui échappent, sur ces petits feuillets qu'il pliait ensuite et glissait dans la boîte.

Quand après le dîner il s'asseyait à son bureau devant la fenêtre qui donnait sur le fleuve, toutes ces pensées s'étaient déjà perdues dans le fracas de la journée, et en les lisant il était toujours étonné et troublé.

Maintenant il souriait, en songeant à la nuit sans sommeil qu'il avait passée à cause de cette boîte perdue, à laquelle il tenait beaucoup, mais surtout parce qu'il ne se rappelait presque rien des images qu'il avait notées sur ces petites feuilles.

Il vit un banc sur le quai du métro. Il pressa le pas pour le rejoindre, s'assit, regarda le garçon à côté de lui qui écoutait de la musique dans un casque, il toussa, comme pour s'éclaircir la voix, et il souleva le petit couvercle.

La petite gare était toujours propre et ordonnée. Pour arriver aux quais on traversait le hall, avec la billetterie d'un côté et l'horaire des trains sur le mur opposé, derrière deux bancs en bois qui faisaient office de salle d'attente.

La voie ferrée passait un peu à l'écart du centre du village car on avait construit le pont de fer sur le Reno à un endroit où le fleuve était plus étroit et, pour y accéder, on avait dû faire une route longue et droite, bordée par une double rangée de peupliers qui coupaient la plaine.

Chaque matin de bonne heure, été comme hiver, Udilio Cesari la parcourait lentement, en s'appuyant sur sa canne. Il entrait par la grille sur le côté de l'édifice, sans jamais traverser le hall de la billetterie.

Il marchait jusqu'à un vieux banc de bois vert

sur le premier quai, l'essuyait à peine avec son mouchoir et s'asseyait, le dos tourné au mur de la gare.

— Il pense certainement à ses années en Amérique, murmuraient les paysans qui attendaient des trains sur le quai d'en face. Il restait là, les mains appuyées sur sa canne devant lui. Le regard fixé des heures durant sur la campagne, par-delà les quais, comme si ce décor lui servait uniquement à projeter le film qui se déroulait derrière ses yeux.

À la différence de tous les autres émigrants qui, depuis le jour de leur retour à Poggiorenatico, n'avaient jamais cessé de raconter, assis au bar, les choses, chaque fois plus fantastiques, qu'ils avaient vues dans le Nouveau Monde, Cesari n'avait jamais dit un mot à personne sur sa vie là-bas en Amérique.

Les premiers temps, il répondait au moins aux saluts de ses vieux amis ou à ceux de ses petits-enfants quand ils descendaient des trains pleins d'étudiants qui rentraient des écoles de la ville. Puis il avait cessé même de répondre.

Il était seulement là, immobile sur le banc toute la journée, jusqu'au coucher de soleil, à regarder la plaine et les trains lents qui, en passant, la lui cachaient quelques instants.

La nuit du 20 mai, à quatre heures du matin, le chef de gare se leva de son lit parce qu'il avait entendu le grincement du petit portail de fer qui s'ouvrait.

— Toujours ces crétins d'ivrognes, pensa-t-il.

Il s'approcha de la fenêtre de sa petite maison, de l'autre côté des voies et ouvrit les volets pour les chasser d'un cri menaçant.

Mais d'en haut il vit Cesari, assis sur le banc, et il se demanda pourquoi diable il était venu en pleine nuit.

— Cesari, il n'y a pas de trains à cette heure ! lui cria-t-il, tout en sachant que l'homme ne répondrait pas, pas même d'un signe de tête.

Il resta là à le regarder dans l'obscurité, toujours dans la même position, les mains appuyées sur sa canne.

Soudain on entendit un grondement déchirer le silence, comme s'il montait des viscères de la plaine, et tout se mit à vibrer et à se briser, dans un fracas de bruits inconnus.

— Bon Dieu, un tremblement de terre, murmura-t-il.

Il dévala les escaliers au risque de tomber, ouvrit la porte qui donnait sur le quai, sortit et vit la gare s'ouvrir devant lui, éventrée par la force antique de la terre qui s'était réveillée. Il la regarda s'effondrer, comme un château de cartes, dans un nuage de poussière blanche au milieu de la nuit noire.

Puis tout redevint calme et silencieux, comme toujours.

Udilio Cesari était encore là, immobile, sur son banc. Derrière lui, là où se trouvait la gare, on devinait maintenant dans l'obscurité un simple amas de décombres, et, très loin, la ligne de l'horizon, par-delà le silence des champs de blé et des vergers.

— Maintenant, à nouveau, il n'y a plus que la plaine autour de lui, songea-t-il.

C'était vrai, il n'avait jamais vu la mer.

Certainement pas à cause de la distance entre Usini et la côte, guère plus d'une heure de train depuis Sassari, mais parce que sa femme Angelina la lui avait décrite si souvent, et avec une telle abondance de détails, qu'il n'était pas nécessaire de faire un voyage pour voir une chose qu'il connaissait parfaitement.

C'est pour cela aussi qu'il ne comprenait absolument pas l'entêtement de son fils. Revenir du continent, rien que ça.

Salvatore Cossu, Tore pour tout le monde, avait arraché la lettre des mains du facteur et l'avait glissée rapidement dans la poche de sa veste, en lui faisant signe de ne rien dire à sa femme qui demandait des nouvelles depuis la cuisine. Puis il était allé chez le curé, le seul dans le village qui sache lire, mais aussi, peut-être, garder un secret.

Les lettres sont porteuses de malheurs, avait-il murmuré en marchant vers l'église. Et, sans aucun doute, cette nouvelle absurde en était un elle aussi, songea-t-il pendant que don Nunnusi lui lisait à voix haute les mots de son fils : il revenait en Sardaigne rien que pour l'emmener voir la mer.

Il avait de l'argent à jeter par les fenêtres ? C'était quoi cette idée ? Bien sûr, il avait toujours été bizarre ce garçon, le plus bizarre de ses enfants. D'ailleurs, au lieu de s'occuper de la campagne ou d'être maçon comme ses frères, Gavino avait décidé de se compliquer la vie et il était parti pour le continent dès qu'il avait eu fini son service militaire. Depuis qu'il avait trouvé du travail à Rome, il n'avait pratiquement plus donné de nouvelles à ses parents, qui avaient appris son mariage et la naissance, quatre ans plus tôt, d'un petit-fils, Pietro, par des amis de leur village restés en contact avec lui.

Depuis lors, son fils n'était plus revenu à Usini, et maintenant il se manifestait avec cette lettre. Tore se l'était fait relire plusieurs fois par don Nunnusi pour mémoriser les indications précises, l'heure, le jour et l'endroit où il devait arriver par le train : l'arrêt de Cala Sabina, sur la ligne Golfo Aranci-Olbia, de l'autre côté de la Sardaigne.

Il cacha la lettre dans la cabane à outils, au fond du champ, et commença à marcher entre les rangs de sa vigne, plus hauts que lui. Ce serait une bonne année pour le Cagnulari, songea-t-il en caressant les feuilles.

Il eut du mal à inventer une histoire convaincante pour sa femme. Une nouvelle fois il fit appel à don Nunnusi et dit à Angelina que le prêtre lui avait demandé d'aller voir des terrains dont la paroisse avait hérité en Gallura, et qu'il serait absent au moins deux jours.

Bien sûr, elle ne le crut pas, mais elle préféra faire semblant de rien. Elle était convaincue que son mari allait en réalité dans un bordel en ville, peut-être un tardif regain de jeunesse, mais ce qu'elle n'appréciait pas, c'était la complicité du curé dans une histoire de ce genre, à moins que lui aussi ne soit impliqué, et ça, elle ne voulait pas le savoir. Elle n'aurait plus été capable d'entendre la messe, conclut-elle.

Le 15 mai venu, Tore prit l'autobus pour Sassari le matin à l'aube, il descendit devant la gare et entra dans le hall qu'il n'avait pas revu depuis le jour lointain où il était revenu de son service militaire à Macomer.

Le train était plein de familles chargées de grosses valises qui allaient embarquer sur le bateau pour Civitavecchia et de paysans qui apportaient des animaux vivants et des marchandises variées d'un village à un autre. Des enfants criaient, en jouant aux cheminots, tandis que deux femmes avaient installé des sièges en bois et distribuaient du pain *carasau* et du pecorino aux voyageurs.

Tore regardait défiler la campagne par la fenêtre ouverte, il reconnaissait le parfum du myrte, du ciste et du romarin et pensait à sa vigne restée seule, aux vendanges qui allaient arriver vite et à ce fils parti loin et qui revenait maintenant chez lui avec cette histoire de mer.

À Olbia, il attendit la correspondance pendant deux heures. Il alla vers la place, vit sur la droite le bar de la gare et eut envie d'un verre de vin, mais il renonça et retourna s'asseoir dans la salle d'attente. À 12 h 53, il prit le train qui allait vers Golfo Aranci, celui-là même qui était indiqué dans la lettre. Gavino devait arriver un peu plus tôt à Cala Sabina, mais en venant de la direction opposée, avec le train qui arrivait sur le ferry du continent.

Il monta par l'une des nombreuses portes qui donnaient directement sur des rangées de sièges. Il regarda le bois luisant et songea qu'Adelina entretenait bien mieux le sol de chez eux.

Le train partit au coup de sifflet du chef de gare, il traversa un quartier de maisons basses et blanches, inondées de soleil, puis revint dans la campagne.

Quelques minutes s'écoulèrent et il commença à sentir une odeur étrange, salée, un air frais qui pénétrait ses narines, qui l'étourdissait presque. Il comprit, et son cœur bondit dans sa poitrine.

— Cala Sabina. Quelqu'un descend à la plage de Cala Sabina ? cria le contrôleur.

Il répondit en levant le bras, comme à l'appel de la maîtresse des années et des années auparavant, il prit son sac et se leva, face à la portière avec la fenêtre ouverte.

Le train commença à freiner, dans un fracas de métal sur les rails, et brusquement, face à Salvatore Cossu, paysan d'Usini, apparut, toute proche, la mer infinie.

Là où l'on traverse les voies ferrées sur la via Casilina. Cet endroit avait toujours été pour D. la frontière du quartier de l'Alessandrino. Pas quelque chose de précis, mais une véritable zone frontière entre deux États, avec des barrières et des passages pour les automobiles.

Quand il était enfant et qu'ils revenaient du centre vers la maison avec la 127 neuve qu'ils s'étaient fait prêter par leur oncle pour la promenade du dimanche, il se mettait à genoux sur le siège arrière dès Tor Pignatara, parce qu'il voulait être le premier à voir le passage sur les rails. Dès que le panneau jaune de la gare de Centocelle apparaissait, accroché aux auvents, son cœur commençait à battre fort, parce qu'il savait qu'ils arrivaient et il craignait que sa sœur puisse crier avant lui :

— Ça y est papa, voilà la frontière !

Cette histoire de la frontière avait commencé avec un voyage en Autriche. Pendant des mois, ils avaient ouvert sur la table des cartes géographiques et tout programmé, discutant de la longueur des étapes à faire, des hôtels où dormir, des dépenses auxquelles ils devraient faire face pour ce voyage, « qu'il faut faire au moins une fois dans sa vie », comme disait leur mère.

De ce voyage, D. ne se rappelait qu'un motel dont les chambres avaient des portes énormes qui donnaient directement sur le parking et, bien sûr, la frontière.

Les voitures étaient immobiles, bien alignées, une par une, et un policier se faisait tendre les papiers par la fenêtre du conducteur. Il les feuilletait, baissait la tête, expliqua leur père, pour regarder si les photos des passeports correspondaient aux visages des passagers.

Leur tour arriva, le policier les contrôla en les fixant méchamment dans les yeux, et il fit signe à un collègue de lever la barrière. Ils passèrent et, quelques mètres plus loin, ils virent d'autres hommes en uniforme.

— C'est la frontière autrichienne, dit leur maman.

Entre les deux postes de douane, il y avait des voies ferrées, entourées par des murs de ciment. Ils les traversèrent en empruntant l'étroit passage destiné aux voitures. Au loin, on voyait des wagons immobiles, près des auvents d'une gare.

— C'est comme quand nous revenons à l'Alessandrino, s'exclama D. ému.

— Oui, c'est vrai, répondit leur père en riant, c'est notre frontière.

Ils habitaient via degli Olmi, au cinquième étage d'un immeuble avec des fenêtres qui donnaient juste sur l'aqueduc romain. Du balcon, D. s'amusait à compter les arcs, en commençant par le haut, à gauche, et en continuant après l'avenue Palmiro Togliatti.

Leur père et leur mère ne voulaient pas que les enfants restent jouer sur le balcon, parce que, à toute heure du jour et de la nuit, juste en dessous, sur le trottoir, se promenaient ces dames en jupes courtes qui commençaient par discuter avec les conducteurs puis montaient dans leurs voitures. Mais D. désobéissait à ses parents, parce qu'il aimait regarder ces femmes et imaginer leurs histoires. Quelques années plus tard, quand il était déjà un adolescent, il le dit à M., mais rien qu'à elle :

— Un jour, j'écrirai un livre sur les putains.

M. était très belle, avec de longs cheveux châtains qui couvraient ses épaules et des yeux foncés dans lesquels on se perdait.

Pour elle, le plus bel endroit de Rome avait toujours été le pont Casilino, certainement pas la via del Corso ou la place Navone. On y montait doucement avec la voiture et en contrebas on pouvait voir des dizaines de voies ferrées qui partaient droit vers l'horizon, en coupant une forêt d'immeubles. En descendant du pont, on tournait tout de suite à droite et la Casilina filait vers la maison, en longeant les rails.

Sur le siège arrière, M. avait le visage collé à la vitre. Elle regardait les traverses et les pierres couleur rouille, fascinée par la vue des câbles à haute tension qui découpaient des tranches dans le ciel bleu et, par-delà les rails, les murs de ciment, couverts de dessins et de grandes lettres incompréhensibles.

Sa sœur, elle, regardait par l'autre fenêtre, parce qu'elle aimait beaucoup les maisons basses le long de la route. Elle imaginait que l'une de ces fenêtres était celle de sa nouvelle chambre, où elle pourrait inviter ses amies et regarder par la croisée la magie des trains qui ferraillaient sur les échangeurs, pleins de gens qui allaient très loin, jusqu'à Tor Bella Monaca ou jusqu'à Finocchio.

M. habitait via del Grano, à cent mètres, ou à peine plus, de l'immeuble de D.

Elle vivait dans une petite maison de deux étages, avec une terrasse où étendre le linge et jouer. Il y avait aussi une petite cour, avec un grand palmier qu'on voyait de tout le quartier, comme disaient encore ses grands-parents.

Quelques années auparavant, D. n'avait pas encore remarqué ce palmier qui maintenant faisait battre son cœur, et il n'avait pas non plus remarqué M.

Ils avaient le même âge, à peine un mois de différence, et s'étaient certainement rencontrés quand ils étaient enfants à San Giustino, et qui sait combien de fois dans la rue ou dans l'autobus. M. était au lycée classique et D. au lycée scientifique, et les deux établissements étaient dans le même édifice mais ils ne s'étaient jamais regardés ou parlé.

Un jour ils virent leurs yeux.

D. était très investi dans le mouvement étudiant et M. voulait organiser un débat dans une classe, mais en faisant appel à quelqu'un d'extérieur, parce qu'elle n'aimait pas du tout les petits chefs de son école.

Aussi trouva-t-elle le courage d'arrêter, pendant la récréation, ce garçon du lycée scientifique qu'on lui avait conseillé.

D. l'écouta parler, mais sans l'entendre cependant, parce qu'il s'était immédiatement perdu dans le parfum de sa peau. Il regardait ces mains maigres et sensuelles qu'elle agitait dans l'air pour mieux s'expliquer, et il songeait qu'il aurait donné n'importe quoi pour embrasser ses lèvres et effleurer ses cheveux.

M. était trop agitée pour comprendre qu'elle était déjà amoureuse, qu'elle serait amoureuse de lui toute sa vie, qu'ensemble ils auraient une petite fille et qu'ils seraient heureux de la voir rire et courir sur leur grande terrasse pleine de fleurs.

Au terme de l'assemblée de classe, D. lui demanda s'il pouvait l'accompagner chez elle. Elle accepta et ils décidèrent de rentrer à pied. C'était une belle journée de soleil et tout, autour d'eux, était beau et riant, les immeubles avec du linge étendu sur les balcons, les voitures garées sur les trottoirs, les conteneurs peints, les grues des immeubles en construction. Ils marchèrent le long d'un champ en friche où un monsieur en veste et cravate jouait au football avec un groupe d'enfants et ils s'arrêtèrent un peu plus loin pour manger un sandwich, dans ce même bar du Quarticciolo où, un an plus tard, elle céderait, en effleurant à peine les mains qu'il avait posées sur la table, tout près des siennes.

Maintenant, quand D. passe à bicyclette la frontière de l'Alessandrino, il se lève toujours sur la selle, pour aborder la petite côte de la via del Grano qui commence aussitôt après les voies ferrées, puis il s'élance à toute vitesse dans la descente qui mène à l'aqueduc romain et sent son cœur battre très fort, comme celui de Gimondi après son échappée vers le sommet du Pordoi. Le sien pourtant ne bat pas à cause de la fatigue des virages mais parce que maintenant il voit le palmier, et il sait qu'en bas, il y a M. qui l'attend, qui l'attendra chaque soir, pendant toute sa vie.

Et voici dans le crépuscule rouge et désert
juste après Bologne [...]
Voici déjà visible la grande et tiède demeure,
Voici là-bas encore ma jeunesse.

Giorgio BASSANI

Mon grand-père ne se souvenait plus avoir été un homme politique important. On le saluait souvent dans la rue, les gens âgés surtout, et il répondait quelquefois avec un léger sourire, en se demandant pourquoi ils le faisaient.

Il m'arrivait de l'accompagner dans sa promenade sous la maison, le samedi surtout, le jour de repos d'Irina, l'auxiliaire de vie qui le suivait depuis que son Alzheimer était trop avancé pour le laisser circuler seul dans les rues de Rome. Si quelqu'un l'arrêtait avec un « Bonjour monsieur », j'essayais de piquer son orgueil, en disant : « Tu vois comme on te reconnaît ? Tu es encore célèbre », mais il était loin, perdu Dieu sait où, dans le silence absolu dans lequel il avait sombré.

Un jour, via Merulana, deux personnes vinrent vers nous, le mari et la femme, qui habitaient le quartier eux aussi. Ils étaient toujours très gentils et après tant d'années, ils donnaient encore du *monsieur le ministre* à mon grand-père.

— Excusez-nous, mademoiselle, nous voulions dire à monsieur le ministre que dimanche dernier nous sommes allés dans sa chère ville de Ferrare et que nous avons pensé à lui.

Je fus surprise de voir ses yeux s'allumer tout d'un coup, traversés par un éclair de lumière que je ne voyais plus depuis mon enfance, quand il jouait encore avec moi, sur la grande terrasse.

C'est ainsi que je compris où il allait, quand il restait immobile dans son fauteuil. Il me sembla être enfin parvenue à voir dans ce vide qu'il fixait pendant des heures.

Il désirait donc revenir à Ferrare, y revenir avec moi.

Il ne fut pas facile de les convaincre tous qu'ils devraient me laisser partir seule avec lui.

J'avais tout juste dix-sept ans à l'époque et il fallut bien des discussions et beaucoup de détermination de ma part, mais finalement nous trouvâmes une solution : je ferais le voyage avec Irina et nous nous promènerions dans Ferrare tous les deux, seuls.

Nous arrivâmes à Bologne en fin d'après-midi, après trois heures de train pendant lesquelles mon grand-père avait semblé encore plus absent que d'habitude. Il ne s'était pas retourné une seule fois pour voir les collines qui défilaient très vite derrière la fenêtre et il avait complètement ignoré le contrôleur, qui l'avait reconnu et affirmait avec enthousiasme avoir voté pour lui, en l'appelant monsieur Dario. Je m'en voulais un peu d'avoir tenu à faire ce voyage, car il ne semblait même plus capable de comprendre où il était.

À la sortie de la gare, nous montâmes dans la voiture avec chauffeur que ma mère avait louée pour nous. Irina s'assit devant et nous nous installâmes derrière, moi du côté du chauffeur, et lui à droite, parce que je voulais qu'il voie bien la campagne au crépuscule.

Une demi-heure plus tard, nous franchissions le Reno, puis Chiesuol del Fosso, et enfin nous arrivâmes dans les faubourgs de Ferrare. À l'époque je ne connaissais pas bien la ville, parce que ma mère et ma grand-mère m'en avaient parlé bien sûr mais nous y étions allées quelques rares fois seulement, quand j'étais petite.

La via Bologna était une rue large et moderne qui menait dans le centre quand on arrivait par l'autoroute. Nous franchîmes deux passages à niveau et, après quelques maisons basses précédées de jardins, sur la droite, nous nous arrêtâmes à un feu. C'est là que mon grand-père sembla se réveiller, comme si quelque chose l'avait sorti de sa torpeur. Il approcha sa tête de la portière pour pouvoir regarder vers le haut, vers un grand immeuble en brique au carrefour. Au balcon du troisième étage une lumière était allumée, il appuya son front contre la fenêtre et effleura doucement la vitre avec le dos de sa main, comme si cette caresse pouvait arriver là-haut.

Nous traversâmes un pont sous lequel passait un canal sombre qui semblait ne pas couler et nous arrivâmes à l'intérieur des murs, sur une place pleine de voitures en stationnement.

Le chauffeur tourna sur la droite et s'arrêta :

— Où dois-je aller ?

Je cherchai dans mon sac le papier avec l'adresse de la demeure de mes arrière-grands-parents, qui était là, intacte, comme une sorte de port pour nous toutes, leurs petites-filles dispersées à travers le monde, et pour les enfants de nos enfants et pour tous ceux qui reviendraient un jour.

— 168 corso Giovecca, répondis-je, mais étonnamment, mon grand-père ne me laissa même pas finir ma phrase. Il ouvrit brusquement la portière de la voiture, me regarda dans les yeux comme pour dire *Viens avec moi*, et il descendit.

J'eus à peine le temps de dire à Irina : « Allez devant, on se retrouve là », et je le rejoignis. Je le pris par le bras, comme nous le faisions lors de nos promenades romaines, mais cette fois, je le sentis tout de suite, ce n'est pas moi qui choisissais le parcours.

Nous prîmes une rue étroite et pleine de magasins sous des portiques minuscules et, quelques mètres plus loin, nous nous arrêtâmes à un carrefour avec une autre rue encore plus étroite. À gauche, à quelques pas de nous, il y avait un réparateur de vélos. Mon grand-père me tira dans cette direction, arriva devant la vitrine et regarda à l'intérieur. Il devait y avoir des centaines de bicyclettes, bien alignées sur des chevalets et d'autres encore au plafond, suspendues à des crochets. Au fond, sous une lampe, on apercevait un homme avec un tablier noir qui frappait sur un cadre en fer. On dirait Vulcain dans sa forge, songeai-je.

Nous revînmes sur nos pas et, au carrefour, je levai les yeux pour chercher le nom de la rue, parce que j'aurais envie d'y revenir tôt ou tard, et je vis que c'était la via Ragno. Pendant ce temps, mon grand-père s'était arrêté de nouveau pour regarder une autre fenêtre, éclairée celle-ci, au premier étage d'une maison avec le haut de la façade en saillie, soutenu par des poutres obliques.

Nous arrivâmes sur une petite place sur laquelle donnait un cinéma, nous tournâmes à droite dans une petite rue étroite et, aussitôt, à gauche dans une longue rue traversée par des voûtes qui reliaient les deux côtés de la route. Il faisait sombre maintenant et la lumière était faible, alors je serrai son bras, parce que j'avais un peu peur et, cette fois, c'était à nouveau lui qui me protégeait.

Il marchait avec assurance dans le dédale de rues de la partie la plus ancienne de la ville, comme si, au fil des années, il n'avait oublié aucune pierre, et il était évident qu'il voulait rejoindre un endroit précis. Peu de temps après, nous arrivâmes devant une grande église en brique, avec la statue d'une Madone en haut de la façade. À gauche, sous des pins maritimes plantés entre les pavés de la place, étaient empilées les chaises d'un bar qui faisait l'angle de la rue. Il était fermé, mais il ne sembla pas s'en soucier, il attrapa une chaise de la pile et me la tendit, comme si nous étions à la maison. Puis il en prit une pour lui et nous nous assîmes côte à côte.

Nous étions donc arrivés.

Il prit une de mes mains dans la sienne, un geste qu'il n'avait jamais fait, et la posa sur mon genou, en la tenant serrée.

Il regardait les chasse-roues de marbre blanc qui entouraient la place déserte, les magasins fermés, l'enseigne qui annonçait Bar Scandiana, au-dessus du rideau de fer baissé, et, dans la pénombre, je voyais ses yeux briller de bonheur, comme je ne les avais jamais vus, même dans les vidéos de ses discours les plus célèbres, à la Chambre ou sur les places noires de gens qui criaient son nom.

Qui sait ce qu'il revoyait, qui il y avait là, dans l'obscurité, attendant qu'il revienne avec sa petite-fille, celle qui avait dans les veines le sang de son sang.

Il se pencha pour caresser un galet, me serra la main, ferma les yeux, et inspira profondément l'air, son air.

Composition : IGS-CP à L'Isle-d'Espagnac (16)
Achevé d'imprimer par Normandie Roto Impression s.a.s.
61250 Lonrai, en avril 2021
Dépôt légal : mai 2021
Numéro d'imprimeur : 2101613

ISBN : 978-2-07-288690-4 / Imprimé en France

363773